夏天的指纹

邵建华◎著

远方出版社

图书在版编目（CIP）数据

夏天的指纹 / 邵建华著. -- 呼和浩特：远方出版社, 2024.4
ISBN 978-7-5555-2010-8

Ⅰ. ①夏… Ⅱ. ①邵… Ⅲ. ①诗集－中国－当代 Ⅳ. ①I227

中国国家版本馆 CIP 数据核字(2024)第 078257 号

夏天的指纹
XIATIAN DE ZHIWEN

著　　者	邵建华
责任编辑	奥丽雅
装帧设计	青年作家网
出版发行	远方出版社
社　　址	呼和浩特市乌兰察布东路 666 号　邮编 010010
电　　话	（0471）2236473 总编室　2236460 发行部
经　　销	新华书店
印　　刷	三河市双升印务有限公司
开　　本	880 毫米×1230 毫米　1/32
字　　数	132 千
印　　张	6.75
版　　次	2024 年 4 月第 1 版
印　　次	2024 年 4 月第 1 次印刷
标准书号	ISBN 978-7-5555-2010-8
定　　价	58.00 元

如发现印装质量问题，请与出版社联系调换

序

  诗是神圣的,诗人则不然,我不敢亵渎。

  古人云,诗言志。又云,言之无文,行而不远。我一直诚惶诚恐,如临深渊,如履薄冰,像农夫一样,在自己的庄稼地里辛勤耕作,从未埋怨过那片土地。我知道,一分耕耘一分收获,只有付出汗水、心血和时光,才能有好的收成。

  《春天的码头》是我的第一本诗集,是我作为一个文学爱好者的1.0版,这本《夏天的指纹》是我的2.0版,有所进步和改变,我很欣慰。土地是真诚的,必须以真诚作为回报。

  世事纷杂,静以致远,总有一些梦想值得坚守,总有一些远方值得向往,总有一些时光值得托付,不随波逐流,不好高骛远,做自己想做的事,得失荣辱,也就无怨无悔。既然选择了,就不轻言放弃,总要对自己有所交代。

  人会老去,这些文字不会,它们会留下来,守着我曾经的家园,守着我当初的模样。

  是为序。

(作者邵建华)

目　录

第一辑　前方，远方

大自然的宠儿……………………………………2
被流放的树………………………………………6
雨的命运…………………………………………8
秩　序……………………………………………9
无根之雨，无根之风……………………………11
前方，远方………………………………………13
认识自己…………………………………………22
麦田中的树………………………………………23
清明时节的雨……………………………………25
自己的家园………………………………………27
使　命……………………………………………29
月　亮……………………………………………30
雨的心跳…………………………………………31
绚烂背后…………………………………………34
夏天的街角………………………………………36
千万年的坚守……………………………………37
沉没的声音………………………………………39
被滋润的光阴……………………………………42

谁的罪过 ………………………………………… 43
背叛自己的谎言 ………………………………… 44
不会错过的使命 ………………………………… 46
天各一方 ………………………………………… 49
必经之路 ………………………………………… 51
秋天里的树 ……………………………………… 53
一步之遥 ………………………………………… 55

第二辑　赶路的人

局外人 …………………………………………… 60
难说再见 ………………………………………… 61
秋风的留白 ……………………………………… 62
夏天的无奈 ……………………………………… 63
无意自处 ………………………………………… 64
黎明或黄昏 ……………………………………… 66
赶路的人 ………………………………………… 68
把风留在路上 …………………………………… 70
迟到的问候 ……………………………………… 71
风动，心动 ……………………………………… 72
被昨晚遗忘的星星 ……………………………… 74
看不清远方 ……………………………………… 75

面　纱 ································ 76

情　怀 ································ 77

那山，那水 ···························· 78

过　客 ································ 80

错　过 ································ 81

晒不干的心事 ·························· 83

试　探 ································ 84

为何爱，又为何恨 ······················ 85

无所寄托 ······························ 87

月亮的心事 ···························· 89

无枝可依 ······························ 91

隔空相望 ······························ 92

冬日暖阳 ······························ 93

出　路 ································ 94

沉默是最好的坚守 ······················ 95

第三辑　每个人的一生都是传奇

等自己的影子挪到脚边 ·················· 98

结　局 ································ 100

折叠的光阴 ···························· 102

心即世界 ······························ 104

一　起……………………………………106

所有的日子…………………………………108

半是清醒，半是迷茫………………………110

破茧而出……………………………………112

母亲的家……………………………………114

岁月穿过每个黎明和黄昏…………………117

竹子的出路…………………………………119

草木一秋……………………………………121

程　序………………………………………122

孤独的洋葱…………………………………124

藩　篱………………………………………127

过去是我们的脐带…………………………129

沙漏中的一颗沙子…………………………130

父亲的乡村…………………………………131

一样的容颜…………………………………133

行走在悬崖之间的绳索上…………………135

我是一个富有的人…………………………136

装空调的人…………………………………138

命　运………………………………………139

父亲三轮车上的定位器……………………142

归去的路上，我只看你……………………145

同路人………………………………………148

每天，每天……………………………150
待价而沽的人生……………………153
盖房子的人…………………………157
每个人的一生都是传奇……………159
木头腐朽的声音……………………165
逃　离………………………………166
代　价………………………………169
平衡生活的悲欢离合………………170

第四辑　台阶

思　念………………………………174
蝇……………………………………175
仰望自己……………………………176
只有一扇门…………………………177
蜗　牛………………………………178
我在梦中淋湿………………………179
秋天的秘密…………………………180
鞋……………………………………181
杯子的语言…………………………182
开　关………………………………183
鸟　笼………………………………185

路上捞的鱼…………………………186

生活的味道…………………………187

父与子………………………………188

人　生………………………………189

夜的方向……………………………190

夜里的回响…………………………191

我的影子……………………………192

台　阶………………………………193

界　限………………………………194

都　是………………………………195

化　石………………………………196

墙角的花……………………………197

仙客来………………………………205

第一辑　前方，远方

大自然的宠儿

我不知道风从哪来
是比远古更古的时代
是比远方更远的地方
还是从无垠的天空、广袤的大地
或者是蝴蝶的翅膀

我不知道光从哪来
是古人的钻木取火
是浩瀚的日月星辰
还是从历史的油灯、宇宙的信仰
或者是尘世的万家

我不知道声音从哪来
是空中云和云的正负相遇
是大海水和水的爱恨搏杀
还是从深山的古刹、牧童的竹笛
或者是泥土里发芽的种子

许多时候,我们只是邂逅

在路上，或在梦里
我看不清它们的模样
不知道它们的名字
却能时刻感觉到它们的存在
只是它们，或许不知道我是谁

我是一个幼稚的孩童
是大自然的宠儿
风牵引着，光照耀着，声音召唤着
无所顾忌地在岁月里穿行

循着风的足迹
山一程，水一程
一起开二月花
一起落三秋叶
一起闻过雨荷花的香
一起等雪后夜归的人
在风的天地里
触摸自由、洒脱、浪漫、惆怅

寻着光的方向
冷一路，暖一路

在蓦然回首中惊喜
在独上西楼时孤寂
期待东方欲晓的壮观
留恋无言西下的背影
在光的宇宙里
感知热爱、无私、暖和、清凉

跟着声音的律动
悲一阵，喜一阵
在万籁俱寂时盛开
在惊天动地中灭亡
静听小桥流水
远观大海汹涌
在声音的世界里
领悟清新、轻快、醇厚、纯净

那风，那光，那声音
无时不在，无处不在
它们是慷慨的、执着的、忠诚的
不讲理由，不图回报，不会伪装
无论我是苦是乐，是远是近
始终不离不弃

伴随风的呼吸,我懂得了
一旦出发就没有退路
停止意味着死亡
感受光的体温,我懂得了
黑暗、寒冷都是暂时的
只有内心的光明才是永恒
聆听声音的脉搏,我懂得了
没有无缘无故的因缘
有付出才会有回响

风、光、声音,是大自然的灵魂
与它们相遇,开启了我的人生
与它们相知,注定了我的命运
风,无边无际
光,不偏不倚
声音,无冬无夏
我这小小的身躯容纳不下
只有把它们放在诗里
哪怕只有一丝、一缕、一个
有朝一日,也能长成它们喜欢的模样

被流放的树

你站在那里
你的孤独一览无余
也许,你不想这样
但结果是这样
草长的时候,你一起绿
草枯的时候,你一起黄
你总在融入,却总是与众不同

你是一棵树
因为向往远方
被流放到这陌生的地方
这是你的遗憾,更是你的幸运

风云追逐着你
小草簇拥着你
河流滋润着你
草原把无私、宽广都给了你
一起沉寂,一起喧嚣
一起荒芜,一起繁华

你站在那里
守护着脚下的土地
或贫瘠,或富饶
都在努力地生长
你是草原的瞭望台
你遥望的不是远方的森林
你遥望的是草原的第一道霞光

雨的命运

雨落在山间、河里
也落在田野、乡村
被雨淋湿的日子,总是不甘寂寞
在阴与晴之间徘徊

每一滴雨都身不由己
每一滴雨都奋不顾身
从没想过回头
全身心付出了,也全身心失去了

理想和现实,总是南辕北辙
梦想着春风化雨
醒来后却已沧海桑田
不知置身何处

雨水淹没了道路
所有的过往已沉落水底
未来无路可走,依旧残枝败叶般
四处漂泊,寻找落脚的地方

第一辑　前方，远方

秩　序

寒来暑往，秋收冬藏
稻子在稻穗上排列着
麦子在麦穗上排列着
玉米在玉米穗上排列着
在岁月的调理下
一垄垄，整整齐齐

节气总是规规矩矩
过了立春过雨水
过了惊蛰过春分
不会在乎天冷天热
季节总是安安分分
过了春天过夏天
过了秋天过冬天
不会在乎天阴天晴

时间总是从容不迫
日月盈昃，星宿列张
人们总是朝三暮四

在冬天期待夏天
在现在留恋过去
在白天梦着，在夜晚醒着
渴望成熟又害怕老去
期待收获又担心失去
在患得患失、慌里慌张中
乱了秩序

云腾致雨，露结为霜
插秧时往后退，割稻时往前走
这是农民的常识和经验
许多时候，人们妄自尊大
缺少对时间的敬畏
不顾时令，不知进退
由着自己的性子，天马行空
陶醉在虚假的繁荣里
在浑然不觉中走错了路
只能像稗子一样
被人遗弃在田间地头

无根之雨,无根之风

雨,下在夜里
本想冲淡夜的黑
怎奈越下天越黑

风,吹在田里
本想减轻谷穗的负担
怎奈越吹谷穗越沉重

有心赏景,却走出了寂寞、孤独
在行人如织的地方,找不到归途
寻寻觅觅中,挡住了别人取景的镜头

总是一往情深
却总是背道而驰
谁都有理由怀疑
那是真情,还是假意

森林的前身,或许是一棵树苗
草原的前身,或许是一颗草籽

从不考虑自己的命运
却长成了万紫千红

雨无根,风也无根
难有长久的真情和力量
纵是骤雨狂风
也敌不过太阳的一束光芒

像种子扎根土里
心不再像风雨一样漂泊
波澜壮阔的
或许只是我们的一滴泪、一滴汗

前方，远方

一

谁能告诉我
时间从哪来，往哪去
它的使命是什么
我总觉得，时间就像一艘幽灵船
飘在苍茫的宇宙里
无影无踪，神秘莫测
人们或蓬头垢面，或衣冠楚楚
忙着上，忙着下

二

从古至今
人们用漏壶、日晷、钟表来计时
无论是古代，还是现代
但也只能记录时间，不能留下时间
从一百多亿年前宇宙大爆炸开始
时间就开始了有来无回的旅程
人们依旧前赴后继

我们的古人是聪慧的睿智的
懂得如何顺应时间
制定了二十四节气、十二时辰
日出而作，日落而息
晨钟暮鼓，春耕秋收
跋涉在栉风沐雨、筚路蓝缕的岁月里
呐喊着，挣扎着，牺牲着
创造了灿烂的文化和文明
为后来者遮风挡雨

三

几千年来，一直都是这样
从牙牙学语开始
大人们就谆谆告诫后代
光阴似箭，日月如梭
逝者如斯夫，不舍昼夜
未觉池塘春草梦，阶前梧叶已秋声
少壮不努力，老大徒伤悲
盛年不重来，一日难再晨
一寸光阴一寸金，寸金难买寸光阴
那时候的时光似乎很慢
从南到北要走一生

从黑到白要走一年

人们似乎总是不够富裕

除了时间，一无所有

在有限的生命里，梦想着长生不老

在无尽的世界里，指望着子孙满堂

人们敬天、敬地、敬日月

祈盼地里五谷丰登

祈盼天空风调雨顺

人们把太多的期盼给了季节

不知红了多少樱桃，绿了多少芭蕉

现在的人们总觉得时间很快

来也匆匆，去也匆匆

从世界的一头到另一头，可以朝发夕至

没有什么力量能阻挡前行的脚步

仿佛在一天的时间里

可以干过去一年甚至一辈子的事

所以，人们更关心天的黑白、阴晴

沉湎于先人的恩泽

过了昨天过今天，过了今天过明天

觉得一切都是理所当然

四

所有人都是
在时间里生,在时间里死
从时间里来,到时间里去
只是谁也不知,时间长什么模样

如果时间有颜色
它一定如春天的红花、夏天的绿叶
秋天的麦穗、冬天的田野
四季的颜色就是它的颜色
或者,只是在黑白之间

如果时间有味道
它一定如山楂一般酸、苹果一般甜
莲心一般苦、烈酒一般辣
一日三餐的味道就是它的味道
或者,只是在爱恨之间

如果时间有声音
它一定似风的呼啸、雷的激荡
江河的澎湃、大地的呼吸
日月走路的声音就是它的声音

或者，只是在悲喜之间

如果时间有形状
它一定像天空的白云、田野的花草
挺拔的高山、辽阔的大海
天地的样子就是它的样子
或者，只是在方圆之间

如果，或许只是如果
时间从不证明什么
它就像一个无形的魔袋装下一切
宇宙内的，宇宙外的
你想到的，想不到的

五
所有生命的历程
从开始到结束，都在时间里进行
一个人从蹒跚学步到老态龙钟
一棵树从发芽成长到开花结果
一条河从涓涓细流到波澜壮阔
沧海变桑田，沙漠变绿洲
一切都在时间的身体里酝酿着

无边落木萧萧下，不尽长江滚滚来
时间见证了人类太多的苦难
战争、瘟疫、地震、海啸
见证了人们太多的挣扎
生病、衰老、残疾、死亡
早已习以为常
当一切发生时，只是呆呆地坐在帷幕后面
像木偶一样，看着听着
就是不言不语
在不经意的举手投足间
偷走世间一切珍宝
偷走人们的青春、健康和向往
人们仍然执迷在它的光环里
对它供者、敬着
时间仿佛孕育了一切，又埋葬了一切
认为时间是公平的、有情的，只是谎言
它只属于追随它的人

六

人们常说，时间会改变一切
无论是生存还是毁灭

其实，改变一切的是人们自己
从人类直立行走时已经开始
人一直是这个世界的主宰
时间或许无所不能
但一旦离开人们的汗水、心血和信仰
也将一事无成
时间或许什么都有
唯独少了记忆、感情和灵魂
成了人们摆脱、逃避或占有的理由

许多时候，人们自甘堕落
把自己的命运交给时间
心甘情愿被奴役、被驱使
许多时候，人们妄自尊大
总想成为时间的主人
其实，在时间眼里
一座宫殿还是一座荒冢
没有本质区别，都是黄土一堆

七

人生是一场平常的旅程
人们随兴而来，随兴而去

时间把我们从生到死的过程租给我们

我们要用一生来偿还,所以

我们只是活在属于我们的时间里

做自己想干的事,哪怕是

静静地看一本书,煮一杯茶,熬一碗粥

赴一场想走就走、若即若离的约会

或者,到田里种棵树,到山上摘朵花

比什么都有意义

世界的每一次改变

惊天动地后面,更多的是悄无声息

也许,只缘你的一滴眼泪、一声叹息、一丝微笑

还有日复一日简单、枯燥、无奈的守候

多少年后,谁会记得

一本过时的生活杂志,几张发黄的照片

一副绿莹莹的手镯,一件绣着牡丹的旗袍

一个枯萎却完整的植物标本

加上一只用竹篾编的箱子

是你在船上的所有日子和所有凭证

八

没有数学家和哲学家告诉我们

时间在几个维度存在

如果按孔子所说，逝者如斯
那么，我们身在何处
是上游、中游，还是下游
过去已经过去
将来也要成为过去
过去会越来越多
而现在，只是一瞬、一刹
也许，我们的人生太短暂
只有稍纵即逝的现在配得上
属于我们的，只是当下
一眼百年，一念百年

时间是艘船，苦海无边
漂泊是它永恒的命运，没有彼岸
能驾驭它到达远方的
只有船长和水手们

认识自己

山,是一块块石头垒起来的
石头却在山里迷失了自己
海,是一滴滴水聚起来的
水滴却在海里迷失了自己

人在旅途
总想着把山、海作为背景
来衬托自己的人生
全然不顾风云变幻

想留下的总在逝去
想记住的总被遗忘
山会烂,海会枯
只是都在我们之后

什么时候,全身心地投入
忘记了自己的存在
大千世界,茫茫人海
哪个都是你

麦田中的树

田埂上,有一棵树
我站在树荫下
四周,是无边无际的麦田

这个季节,这个地方
除了天是蓝的,其他都是金黄的
那麦穗,那秸秆,那叶子
一个挨着一个,一片挨着一片
无不透着成熟、兴奋和迫不及待
曾经是一颗种子,被埋进土里
在熬过风霜雨雪后
终于长出了和先辈一样的颜色
土地一样的颜色,阳光一样的颜色

我是一个农民的孩子
毕业以后,一直在城里工作
即使在农忙季节,也没有回去帮家里割过麦子
只是父母,总让人捎白面给我
说自己家里种的,吃着放心

多少年了,我早已习惯
有意识地和家乡保持着距离

只是现在,在麦田中间
我仿佛是一座孤岛,随时会被淹没
剩给我的时间不多了
是站在原地,等着拯救
还是迈出步子,等待收割
剩给麦子的时间也不多了
或许今天,或许明天
我还在犹豫不决
想着那被遗忘的土地和童年
还有那遥远的森林
不知是绿,是黄

这是一个自由生长的季节
万物欣欣向荣,只是
在麦田里,长成一棵树
或许不是幸运
更多的是尴尬

清明时节的雨

清明时节的雨
好像从未停过
淅淅沥沥下了几千年
这场雨,淋在你的坟头
也落在我的心上

你埋在故乡
我漂泊在他乡
你的坟头杂草丛生
我的心上一片荒芜

关于生死,关于祖辈
小时候就有依稀的印象
每年清明,跟大人们上坟
在我拔去坟头的野草时
那种敬畏已长在心上
几十年了一直都在
只是居无定所
所以那个故事至今没有结果

每年清明，我们都在祭奠
不管身在何方
在我们一次次凭吊时
我们正一天天朝着那个相同的方向
日夜兼程，渐行渐近

自己的家园

像一座山与另一座山,我们彼此欣赏
你有你的白云悠悠,我有我的秋雨绵绵
同样巍峨,永远隔空相望

像一条河与另一条河,我们彼此向往
你有你的波澜壮阔,我有我的风平浪静
百转千回,总会在海上相遇

像一棵树与另一棵树,我们彼此景仰
你有你的繁花似锦,我有我的落叶纷飞
根扎在土里,努力向上生长

像一段时光与另一段时光,我们彼此渴望
你有你的竹影花香,我有我的凄风苦雨
一路向前,通往远方

每座山都有它的沉静
每条河都有它的执着
每棵树都有它的坚强

每段时光都有它的包容
选择做自己，不做另一个
朝朝夕夕地坚守
或平凡，或高尚
或寂寞，或热闹
都不会在意
只在天地间护住一块净土
供奉属于它们的灵魂和尊严

使 命

秋天到了,大雁南飞
我背上行囊,告别家园
开始有去无回的旅程
剩下那树干,像母亲一样沧桑
守着那老宅,守着那方天地
和即将到来的寒冷时光

每片树叶都有自己的命运
来和去、生和死都是使命的召唤
只要根在,来年春天
我的孩子们
还会回到这里
继续先辈的光荣和梦想

月 亮

一

晨曦来临，星光淡去
酝酿了整个晚上
阳光终于登场
万物苏醒，唯独你
退至时光的幕后
静静离去

二

当阳光把我从睡梦中捞起时
我的身上湿漉漉的
淌着黑色的水
水珠落下
我听到月光破碎的声音

雨的心跳

我的梦里,下着雨
雨的声音,淅淅沥沥
时近时远,时隐时现
雨水时紧时慢
淌过老家屋檐下的青苔,流入门口的池塘
淌过石板路的巷子,流入学校旁边的小河
淌过长满野草的田埂,流进母亲的鞋里
淌过我的童年、少年,流进我坑坑洼洼的记忆里

我的梦里,一片汪洋
一觉醒来,窗外果真下着雨
是雨应了我的梦,还是我的梦感化了雨
这么迫不及待,这么缠缠绵绵
从天空到大地,也许只要片刻
它却酝酿了一月、一季,甚至更长的时间

下雨的路上,人来人往
下雨的路边,草生草长
雨下在白天,下在夜里

也许没有什么特别
只是那雨的声音
专门挑了这个时刻
又隐藏着多少心酸和秘密

巴山夜雨,渭城朝雨
清明时节的雨,黄梅时节的雨
杏花雨,梧桐雨
古往今来,淋湿了多少人的相思、哀怨和惆怅
又滋润了多少人的等待与期盼

雨声是雨的声音
是雨哭泣的声音、微笑的声音
是雨投入人间的声音,是雨饱经沧桑的声音
蕴藏着雨的温度、情感和向往
如果在白天
人们各奔东西,忙着赶路
或狂风暴雨,或微风细雨
谁会有闲情逸致
停下来倾听,那雨声
是泣是诉,是悲是喜

听雨,只在深夜
万籁俱寂时
你才能感觉它的心跳
和你一样

绚烂背后

花凋谢时,从不会诉说什么
几许惆怅,几许伤感
只是你情绪的表达
与花没有关系
自然地开始,又自然地结束
从不需要怜悯

人们总是善良
希望美好的事物可以长久
现实总是背道而驰
越美好的东西越脆弱
比如眼泪、尊严、自由
往往在失去或破碎后
人们才追悔莫及

关于花的情感
所有的故事都是牵强附会
花从不言语,只是默默生长
当它还是种子埋在土里时

相依为伴的，只有寒冷、黑暗和孤独
当它含苞欲放时，面对的除了期盼
更多的是冷漠、猜忌和无视
当它绚烂绽放时，光鲜亮丽的后面
又要忍受怎样的嫉妒
悄悄地来，静静地去
从不会抱怨，也不会炫耀

人们总是羡慕或感叹
希望拥有花一般灿烂的人生
更多时候，更多人
只是像棵草一样，无声无息

夏天的街角

夏天在这里拐了一个弯
街的拐角
一半暗,一半明
街上来往的行人
跟着热,跟着凉
我坐在街角对面的屋檐下
看着眼前的一切
或开始,或结束
流云太浅,时光太深
对面的阳光过不来
我在这边过不去
任由那些暧昧的风
在弯弯曲曲的街道中间
独自游荡

第一辑　前方，远方

千万年的坚守

我是一块石头

不是女娲娘娘补天时遗漏的那种石头

不是齐天大圣出世的那种石头

而是一块普普通通的石头

搁在山上，搁在田里

都不会显得多余，也不会引人注意

所有关于岁月的故事

天阴或天晴，天黑或天亮

对我来说都没有特别的意义

我只是大自然中一个呆傻的孩子

不会巧言令色，也不会矫揉造作

只会和大自然一起呼吸，一起冷暖

我是一块坚强的石头

我是一块懂得温暖的石头

曾经的高山流水

曾经的海阔天空

曾经的枝繁叶茂

曾经的世事沧桑
都长眠在我冰冷的躯体内
我小心翼翼地呵护
千万年来从未懈怠
我是一块孤独的石头
我是一块值得托付的石头

这个世界有太多诱惑
一旦它们醒来
世界将更加动荡
我只有把它们好好珍藏起来
免于风雨和世俗的侵扰
或许，这样的坚守还要千万年
相信会有一天
等我蓄满了日月精华，横空出世
这个世界又将诞生一个新的神话

第一辑　前方，远方

沉没的声音

闭上眼睛，关上光能够进来的每个通道
只留下黑暗作陪，我像枯木一样静坐着
听到了自己呼吸的声音
听到了自己心跳的声音
听到了自己血液流动的声音
听到了自己肌肉萎缩的声音
听到了尘埃落地的声音
听到了星光、月光在门外徘徊的声音
我庆幸，我还活着

我是一个农村孩子
习惯了早晨鸡叫、狗叫的声音
习惯了夏天蝉鸣、蛙鸣的声音
习惯了风吹麦浪、稻浪的声音
习惯了夜里老鼠走在屋梁上的声音
习惯了母亲四处喊自己回家吃饭的声音

我是一个在河边长大的孩子
习惯了河水拍打堤岸、船头的声音

习惯了汽笛声、摇橹声
习惯了人们在游泳时大呼小叫的声音
习惯了用井桶打水时扑通扑通的声音
习惯了母亲在河边淘米、洗衣的声音

如今,我在城里
听到的只是汽车行驶和喇叭的声音
听到的只是人们互相吆喝和讨价还价的声音
听到的只是空气、楼房和行人互相摩擦、撞击的声音
我再闭紧眼睛,那些过去的声音仍是遥不可及

我知道自己已经走得太远、太久
村庄已搬迁,河流已改道
我和它们一样,再也回不去了
我惭愧,我还活着

声音无边无际
像海一样辽阔,海一样深厚
先来的声音被后来者无情地拍散
鱼一般沉入漆黑的海底
我拼命挣扎,恍惚间
听到了自己出生时的第一声啼哭

第一辑 前方，远方

听到了自己离开这个世界时的最后一声叹息
仿佛只是一瞬间，走了一个过场
一个时代开始了，又结束了
我一直在呼吸，从生到死
呼，出一口气
吸，争一口气
就这么简单，却重复了一辈子
现在再也无法呼吸，也发不出一丝声音

我们总在诉说，什么声音也没留下
我们总在倾听，什么声音也没记住
灵魂沉默了，剩下的只是一副皮囊
身体也沉默了，剩下的只能是一抔黄土
无声无息，无生无死
我们是世界的一分子，那些声音尽管微弱
大地听得见，天空听得见

被滋润的光阴

像河水一样不犹豫
一直向前,即使到不了大海
经过的地方,也会有水草被滋润

像阳光一样不吝啬
心怀天下,即使有乌云
也总有一个地方被照耀

那些日子,我们笑过哭过
像农夫般精心耕作着每一寸土地
没有一段光阴被错过
汗水滴在土里,所有的付出
总会在将来某个时刻
在寂寞的夜里
如闪烁的群星,照亮你

谁的罪过

花,种在盆里
盆,摆在桌上
开窗的时候
有风进来,有阳光进来
它们窃窃私语,又悄然离去
从此以后,花儿日益憔悴
不久便枯萎了
而窗外,姹紫嫣红

背叛自己的谎言

我们是自私的
全然不顾别人的感受
花的凋零
雪的消融
我们总是装作无辜
如果没有我们参与
它们也许离开得更平静,更从容

风花雪月
自有它们的语言
来或者去
自有它们的方式
我们一厢情愿
为它们编造了许多浪漫的故事
只是满足自己的虚荣、缺失和遗憾

花的世界只有花能懂
风只是它的情人
雪的世界只有雪能懂

天空只是它的知己
我们只是偶尔路过
它们也只是偶尔与我们遇见

花是艳丽的,也是脆弱的
雪是纯洁的,也是冷清的
我们把刻骨铭心的情感托付给它们
冬去春来
我们又会恋上另一朵花
爱上另一场雪
所谓的坚贞
只是我们背叛自己的谎言

不会错过的使命

夏天来了,悄无声息地来了
我们把许多美好都给了春天
夏天来时,不知是尴尬还是忽视

夏天一如既往
红的花更红了,绿的叶更绿了
只是那此起彼伏的蝉鸣
不知是抱怨,还是欣慰

岁月没有私情,从不偏袒任何人
走过春天,留下播种时的希望
走过夏天,留下成长中的激情
走过秋天,留下收获时的厚重
走过冬天,留下得失后的从容
伴着那风那雨那霜那雪
每一天都是刻意安排
是交替,更是托付

夏天是热烈的

从不加以掩饰

蓝天、白云

大地、河流

甚至电闪雷鸣

都在尽情舒展

炫耀着蓬勃生机

夏天是宁静的

柳条倒映在河里

露珠酣睡在花蕊里

月色中的荷塘

风雨后的彩虹

还有树荫下你淡淡的影子

都在豪放与淡泊之间，泰然自若

继续着春的绚烂

孕育着秋的成熟

所有的现在都是庇护

为过去、将来遮风挡雨

我们总是自以为是

渴望真诚又害怕真诚

或朝三暮四，或厚此薄彼

为一时冷暖,怠慢其他日子
最无聊、无望的不是时光
而是我们自己

每个季节都有自己的使命
无论枯荣,都不会错过
每个生命都有自己的担当
无论苦乐,都不会白过
岁月不会残缺,人生也是

第一辑 前方，远方

天各一方

总有阳光照不到的地方
我不能种稻子、麦子
也不能种自己喜欢的高粱
只能在昏暗的屋子里
把捡来的枯枝，塞进炉膛
借着微弱的光，在灰色的纸上
写下长长短短的诗行
温暖过去，和对你的向往

总有风吹不到的地方
花无心绽放，也不再吐露芬芳
我只好把它移种到盆里，放到我的桌上
只是那条河，那么宽，那么长
我只有捡几颗石子，投进它的中央
想着总会发出一些声音
激起波浪般的回响

我在田野遥望山岗
你在远方走向海洋

曾经对酒当歌
你是否记得，还是已经遗忘
天各一方，遥远的不是距离
你我牵挂的，又将在哪里靠港
未来的日子，白天加黑夜还是一样的长
只是你我的梦，也许不再一样

必经之路

左边是树，右边也是树
我从中间走过
留下一地寂寞
风也从中间走过
树叶纷纷挥动手掌

天空很大，却容纳不下一朵白云
那湛蓝的天，透着单调、压抑、迷茫
连目光都找不到方向
我甚至怀疑，自己怎么来到这个地方

一只鸟，从林子里飞出
很快便隐入空中
林子的尽头，已无路可走
我只好原路返回，捡起遗落的思绪

走出林子，前面有一条河
弯弯曲曲，流向远方
河的那边，也有一片不大的林子

与这边的树林隔河相望

我是一个行人
这个季节是我的必经之路
眼前这片林子，我只是无意经过
不想留下什么，也不想带走什么

云开云散，从来不会约定
所有的遇见或错过，都不是无缘无故
这片林子，这个下午
注定不再像那天空一样
空空荡荡，了无生机

秋天里的树

在秋天的田野
我是最普通的一棵树,没有人会注意我
我有更多的时间和精力
关注这个季节和周围的一切
它的繁华、荒芜、喜悦、痛苦
没有一个能逃过我的眼睛
我属于这个季节,这个季节却不完全属于我

是叶子总会枯萎、凋零
与风没有关系
风只是一个来去匆匆的过客
不用刻意怀念、畅想、等待
如果风来,则按来的方式过
如果风没来,则按没来的方式过
阴天、晴天,白天、夜晚
每一刻都是岁月的精心策划

会有一场不期而遇的雨
也会有一场提前到达的雪

打破时光的节奏
会有那些多愁善感的人
把太多的期待、惆怅和无奈
托付给这个已经疲惫的季节
哪怕一声叹息,一次回眸
都会让这个季节不堪重负
我最担心、顾忌的
是一些不甘寂寞的人
带来锯子、火种和梦想
他们的热情、冲动
会让这个季节顷刻间一无所有

一步之遥

曾经，我与那段时光只有一步之遥
那时候，阳光明媚
油菜花含苞欲放
蝴蝶飞来飞去
我从这画一般的世界里走出来
到陌生的城里，从此一去不返
只留下燕子守着老屋
一路向前，天涯苍茫
唯有那晨钟暮鼓，半青半黄

曾经，我与你只有一步之遥
那时候，小雨初歇
荷花竞相绽放
你在等风，或许也在等人
我偶尔路过，只有不惊不扰
静静地看着你
撑着绿色的伞，走向荷塘深处
欲言还休，蓦然回首
依稀只有你的背影，半悲半喜

曾经,我与那个地方只有一步之遥

那时候,秋风乍起

树叶开始凋零

我在黎明和黄昏之间来回奔波

无数次站在那个路口

看风过,等雨停

在红灯再次亮起的片刻

繁花落尽,青山远去

留下街上来往的行人,半生半熟

曾经,我与我自己只有一步之遥

那时候,天空灰暗

大雪纷纷扬扬

我把僵冷的手揣进怀里

手心还攥着那朵正在消融的雪花

那副手套只能温暖我的手

却无法保护我手中的梦想

江雪待人,野渡无舟

只剩下模糊的背景,半黑半白

现在,我离死亡只有一步之遥

夕阳西下,飞鸟归巢
想在季节拐弯的角落
成为那段时光里的一朵花
成为那个地方的一棵树
成为叶子上的一滴水珠
成为自己梦想中的一缕阳光
几度年少,几度霜华
依旧是千帆过尽,半梦半醒

一步之遥
不远也不近,刚刚好
远了,或许会错过
近了,或许会迷失
如天空与大地、高山与河流
如过去和现在、悲欢和离合
千万年的孤独,千万年的坚守
是隔空相望的无奈
还是心有灵犀的默契

曾经所有的
或雁过留影,或叶落无声
都是自己的风景

归去的路上

会有无数个风雨兼程

在山海相遇,在岁月相遇

我们依旧如故,一起前行

不问炎凉,不问沧桑

只看墙内烟云,墙外风光

第二辑　赶路的人

局外人

又到了早稻开镰的时候
那些田野和这个季节一样
金灿灿的热情，按捺不住

我蜷在城市高楼大厦的角落里
从新闻里打探着与我有关的信息
只是我的镰刀，已不知遗落在何方

阳光一如既往
照在我早出晚归的路上
我却不知这个季节该收获什么

每次与老家的人通电话
我也只是含糊其词
一会儿风，一会儿雨，一会儿天气

我不清楚原先那片稻田
是否还种着稻子，或是盖了楼房
只是脚趾头上还隐隐可见儿时被镰刀划破后留的疤痕

难说再见

昨天与今天告别
看似无声无息,实则惊天动地
它们撞击的火花
像星星一样,散落在漆黑的夜空

去,不容易
来,更不简单
辞旧迎新,本来就是十分痛苦和矛盾的事情
何况涉及芸芸众生

我与过去告别
没什么曲折,也没什么故事
像是睡了一觉,做了一些稀奇古怪的梦
早晨醒来,昨天早过了
那些引以为傲的,也将是明日黄花

只是我与你告别
也许要一辈子

秋风的留白

我来到这里的时候

秋早已到达

风还在路上

雨在云里等着

叶在树上等着

河水静静流着

关于风的故事

从唐诗宋词的汹涌澎湃

至今已波澜不惊

我们依旧一往情深

陷在走走停停的期盼里

难以自拔

夏天的无奈

天很闷
雷打了一晚上,断断续续
雨却没有下,有人说
雨下在不远的地方,很大

许多事情,我们感到莫名其妙
许多时候,我们爱着、恨着、盼着
无数次争吵,情绪发泄完了
结果还是那个样子

天依旧很蓝,一点儿云都没有
风依旧慵懒,偶尔在树叶上晃一下
只是那蝉,兴致正浓
无所顾忌地叫着,怎么也停不下来

也许,夜深了
等人们都熟睡的时候
月亮、星星没了顾忌
一切也就清静了

无意自处

与朋友相互告别时
我送了他一包茶叶
他送了我一套茶具
看似默契,一切都在无意之中

走在路上,总有一些意外
一场说来就来的雨
一阵说去就去的风
来不及回味,已改变了人们的行程

睡在梦中,总有一些偶遇
一群不明不白的人
一些若有若无的事
纠缠了整晚,一觉醒来却什么都忘了

岁月从古到今
再大的风雨,都不会改变方向和节奏
人生有始有终,纵有许多意外
也无法改变最后的归宿

生活的喜怒哀乐
谁都难以预测，只在无意之中

那套精致的茶具，我一直没用
至今还放在柜子里，或许已沾了灰尘
那包茶叶，也不知朋友喝了没有
会不会，也在等一个懂的人
用喜欢的杯子，还是无意自处
谁来了谁喝，有什么杯，用什么杯

黎明或黄昏

别在白云下,说天空是如何广袤
别在礁石旁,说大海是多么深情
别在花朵前,说风是怎样浪漫
我们看到的
只是我们心里的世界

白云栖息在水里
它的孤独,比鱼还要深
礁石遥望着桅杆
它的思念,比船还要远
花朵依偎着绿叶
它的惆怅,比蜂还要忙
谁能知道
黎明或黄昏
哪一个更亮,哪一个更暗

像白云一样飘荡
像礁石一样坚守
像花朵一样绽放

我路过的风景
是增一色,还是减一色
人们看到的,或许
只是另一个我,与我无关

赶路的人

成长不易,需要付出太多汗水
衰老不易,需要经历太多痛苦
其实,成长和衰老
都在同一条路上

树总要生长
过了春天,也过了冬天
才能真正懂得雨雪和风霜
不只是浪漫,还有冷酷

不去羡慕
青春和活力,成熟和睿智
都只是一个过程
花开时的寂寞,花谢时的淡然
每个时刻都很精彩,也很无奈
无论繁华,还是落魄
终究归于平淡

生或者死,悲或者喜

都是生命的一部分
该来的都会来
无论多远,用不着迎接
该走的都会走
无论多晚,用不着挽留
对于一个赶路的人
眼前的才是风景

把风留在路上

黎明，天将亮未亮
傍晚，夜将黑未黑
我们总在这个时间
出门或回家
风也是暧昧的
半是清醒，半是糊涂
我们把它留在路上
到一个地方，或另一个地方
无论黑白，还是悲喜
我们的日子依旧清爽

迟到的问候

初秋的风

穿过玉米地和水稻田

沿着铁路线,由北向南

到达我住的地方

已面目全非,疲惫不堪

因为不适应南方的高温、潮湿

你捎来的那些喜悦、惆怅

只有昼伏夜出

在冷清的星光下

想着一路的沧桑、遥远的故乡

顾影自怜

风动,心动

立秋的时候
风正在路上
这算是夏风,还是秋风

东风斜柳,西风瘦花
南风知意,北风吹雁
古往今来
有多少人在风中找到归宿
又有多少人在风中迷失

风本无意
花也罢,树也罢
朝来寒雨,晚遇冷霜
谁招了谁,谁又误了谁

风只是个过客
岁月给它什么,它就带来什么
给它热带来热,给它凉带来凉
给它绿带来绿,给它黄带来黄

因为无欲无求,自然无牵无挂
我们也是,因为欲望太多
岁月只把属于我们的给了我们
心静不下来,无论给风冠以多么诗意的称呼
也等不来春夏的兴奋,等不来秋冬的安宁
只有更多的惆怅,更多的忧伤

被夜晚遗忘的星星

下午四点钟

天气晴朗，走在路上

忽然看到一颗星星

挂在遥远的天际

它孤零零的

发出清冷的光

是被昨天的夜晚遗忘了

还是找不到回家的路

或者像我一样

只是不甘束缚

出来寻找自由

街头熙熙攘攘

没有一个人注意我的存在

看不清远方

夏天如何结束
是在风中，还是在雨中
秋天怎样来临
是在早晨，还是在黄昏
未来还在路上
我们就忧心忡忡
一厢情愿地想着归宿

花开了自然会谢
雪下了自然会化
你的伤感，你的惆怅
与岁月没有任何关系
生活没有标准答案
跟上时间的节奏
不荒废，不奢望
走着走着，自然通向远方

面 纱

云和云相遇
产生雷，产生电
用惊天动地的声音昭示天下

人和人相遇
产生爱，产生恨
一切都在无声之中

天空的秘密
雨知道，风知道
是悲，是喜

我们的秘密
孤独知道，伤痛知道
是去，是留

人们渴望真相
有时又害怕真相
谁都不会主动去揭开那面纱

情　怀

一朵花
即便枯萎了
也是优雅的
那些从容和淡定
来自内心的信仰
曾经给了世界
自己的芳年
现在谢幕
只是完成当初的使命
召唤更灿烂的时光

那山,那水

下雨的时候,街上一片荒芜
我们躲进各自的房间
房间门对着门
一个朝南,一个朝北
你在房间看远方的山
我在房间看眼前的河

每一滴雨都有自己的念想
落到地上却是一片混沌
那山,那水
曾经一同出发
像春天一般畅想,像夏天一般坦荡
如今都在一场不期而遇的雨中失了原形

风吹斜了雨
慌乱中改变了方向
雨淋湿了我们的心事
找不到落脚的地方
黛绿的不再黛绿

苍茫的更加苍茫

雨声嘈嘈切切，谁人能懂
再次遇见的时候
或许，天已放晴
或许，依旧飘雨
只是那条街已成陌路
与那山、那水渐行渐远

过 客

我熟悉这里的一切
它们的长相、声音甚至味道
都是根据我的喜好调出来的
我习惯了对它们发号施令

我打开窗户
对路过的风说,请进来吧
这里有山有水
你再也不用漂泊

我打开大门
对路过的阳光说,请进来吧
这里有花有草
你再也不会寂寞

有一天,我打开心扉
对路过的时间说,请进来吧
时间摆了摆手
我看到了一个巨大的阴影,瞬间将我吞没

错 过

穿过夏天的城市
秋天的田野和冬天的村庄
我风雨兼程,从北方到南方
赴一场约会,去看你那里的春天

一路上,我曾无数次想象你的模样
是夏天般热烈、秋天般惆怅
还是冬天般安详
恍惚中,只有你若有若无的幽香

到了那个地方,我才发现
南方竟是这样空蒙和冷清
天忽阴忽晴,雨时下时停
整个季节仿佛飘在云雾里
让人看不清方向

树上的花已经凋零
路边的草却更绿了
我走出那篱栅,又进入另一段篱栅

走过一条河,又遇见另一条河
南方的水乡,是否总是这般迷茫

繁花渐尽,我却不见一丝忧伤
或许有,只是被你带走了
河水不停地流淌
朝着它想去的远方
我只有徘徊在岸边
等待下一段时光

晒不干的心事

想着心事
一整夜没睡
那些雨陪着我
流了一晚的泪
第二天一早
眼睛像太阳一样红

阳光铺天盖地
我不敢抬头
有意或者无奈
默默把昨夜淋湿的风
遗忘在马路上、草丛里
等着晒干

试　探

雨，下在深夜
默默的，轻轻的
有些比较幸运
下在田野、河流
有些则下在路上
淌入污水沟里
我把夏天的不快
全部塞进塑料袋里
并打上死结
以为万无一失
殊不知那些气息
依旧如影随形
梦想仍是梦想
梦仍然是梦
如果有什么不同
这是秋天的第一场雨
是一次了结，或许
也是一次试探

为何爱，又为何恨

我在写日记
一只嗡嗡的苍蝇
舞动着骄傲的翅膀
飞来又飞去
飞去又飞来
落在我的桌上
我一拍子下去
它再也没了声音
我找了几回
却没找到它的尸体
不知它发现了我多少秘密

许多时候
总有一些人或事
路过我的世界
厌恶或欢喜之后
便没了消息
我们也习惯了这样的偶遇
不再多愁善感

仿佛什么也没发生

曾经多么熟悉的人
如今已变成陌路
曾经撕心裂肺的痛
也只剩下淡淡的疤痕
想留下的，都随风走远了
想离开的，却挥之不去
仿佛白天和黑夜
互相伤害着
又互相成全着
全然不问
为何爱，又为何恨

无所寄托

天空澄澈
空荡荡的
那些云，那些风
已不知去向何方

喧嚣过后
一切归于平静
那些思念，那些孤独
又将如何寄托

在这个地方
楼挨着楼，街道连着街道
熙熙攘攘却毫无生机
没有草原和森林
没有山川和河流
风会厌倦
云也会黯然失色

只是那些思念和孤独

无处可去,我只好
把它们留在心里
在这个陌生的城市
在这个寂静的午后
一起等待
太阳落山
黑夜降临
为漂泊的人
点亮满天星光

月亮的心事

我在天上,只有到夜里
才能悄悄出来,看你

人海茫茫
走遍你去过的每一个地方
林间,河边,田野,山岗
哪个都不是你,哪个又仿佛都是你

我们相隔如此遥远
你却如此痴情
把整个夜晚都托付给我
曾经的我,是多么冷清、孤独、高傲
现在,拿什么来留住你

古往今来,有许多关于我的传说
浪漫的,凄凉的,神奇的
你究竟是哪个故事里的

我们属于不同的世界

你有你的万家灯火
我有我的众星环绕
曾经擦肩而过
或者驻足,或者回眸
这已是多大的缘分

我只是颗行星
没有更多的光芒给你
只能给你一个影子
在天黑的时候陪着你
其他,不再奢望

无枝可依

月亮像个大盘子
能装下你需要的一切
对一个漂泊的人而言
里面盛的只是大杂烩
或悲,或喜
或寂寞,或孤独
五味杂陈,而我
只看到一片苍白
透着空洞、虚无和冷清
思念和期待无枝可依
我把它们默默地留在心底
用温暖滋润它们
长出你喜欢的模样

隔空相望

黑夜是一堵墙
隔开了昨天和今天
只留下一扇门
让星光和月光通过

黑夜是一座城
隔开了你我
只留下一条河
让船和鱼通过

曾想以夜为媒
互相融入，不分彼此
谁料南辕北辙
一个在里边，一个在外边

冬日暖阳

秋风吹落的
不是树叶,是时光的碎片
它有阳光一样的颜色
阳光一样的芳香
阳光一样的情怀
落到河里,河水变得平静
静到看不见水的流动
落到路上,路人不时回眸
寻找驻足的理由
我把它们装进行囊
温暖下一段时光

出 路

蓝色的天空
像巨大的帷幕
罩住了整个夏天
一朵云没有
一丝风没有

人们昼伏夜出
穿过星星撕开的裂缝
逃离自己的家园
只有那蝉在拼命叫着
想要留住这个季节

逝者如斯
我想挖一条河
给夏天一条出路

沉默是最好的坚守

生活中的许多事情,解释太多
或词不达意,或节外生枝
你再真实的表达
别人也会觉得你另有所图
沉默也是一种态度
懂你的人不用解释
不懂你的人何需解释
冰山的力量,隐藏在海水里
花繁叶茂的景象
离开了树根,终究难以为继
花不言,叶不语
同样繁华了四季
关于感情、自由、尊严
千万年的纠缠
孰是孰非,谁又说的清楚
所有人的归宿只有一个
每个人的答案却有无数
我们只选择自己想要的那个
不需要什么理由

人生的旅途
看似摩肩接踵
更多时候却是形单影只
谁都有自己的路要走
不会停下来听你倾诉
也不会理解你的苦衷
沉默是最好的坚守
如头顶的星空、脚下的大地

第三辑　每个人的一生都是传奇

等自己的影子挪到脚边

天若晴好
在那个时间、那个地点
那个老人总会在那里晒太阳

他坐在那里似睡非睡
偶尔有人打招呼
他也是似理非理
有玩耍的孩童站在他面前
一个睁大眼，一个眯着眼
相顾无言，小孩觉得无趣便走了
喧嚣的公园
似乎没人感觉到他的存在

他默默的，仿佛长在椅子的木条上
木条上的花纹断断续续
旁边花坛里肆意开放的花草
好像也长在另一个世界
他在等，等自己的影子挪到脚边
那个时间不早不晚

正是人们中午下班的时候

我站在阳台窗户的后面
仿佛隔着时空
俯视着公园里的一花一草
有风有雨的日子
那张椅子空荡荡的
透着孤单和冷清
恍惚间，我看到有个人影坐在那里
只是我不敢
不敢揭开他头上那灰色的面纱

结　局

林子的边上
坑已挖好
我把树苗埋进去
填土，浇水
所有的程序完毕
我又去另一个地方
挖了一个坑，种下一棵树

每天，我们都奔波在同一条路上
或为尊严，或为生活，或为面子
寻找着所谓的理由
计较着利害得失
从一片林子到另一片林子
甚至忘了早先种下的树

我们埋葬了过去的生活
长出了现在的日子
岁月也在埋葬我们
从风华正茂到风烛残年

最后长出的
或许只是野花野草
如果幸运
我们种的树会成为自己最后的房子
只是最后那个坑
向阳背阳，或深或浅
我们别无选择

折叠的光阴

我以编年体的方式
把过去的光阴装订成册
这本书没有书号、没有书名
我想设计一个恰如其分的封面
是一棵树,还是一片叶子
是一座山,还是一条河
始终犹豫不决

曾经有一段岁月
被我遗失在十字路口
当我再次路过的时候
它却怎么也不肯被认领
也许我已面目全非
也许我只是一个过客
每段岁月都有自己的归属
现在,它等的
或是一缕风、一阵雨
或是一朵花、一棵草

我离我实在太近了

近得看不清自己

哪是真，哪是假

再过十年、二十年

或者更长时间

那时的人，又离我太远

远得看不清我

哪是实，哪是虚

我们寄生在时间的藤上

谁也没见过时间长什么模样

它从来只在幕后

或明修栈道，或暗度陈仓

在无声无息中改变着芸芸众生的命运

我们习惯了，每过一天

就撕去一页日历

最后一页，也许只是一张白纸

如果干干净净，没有一丝皱褶

那该是多大的幸运

心即世界

除了生死
我们总在选择
也总在逃避
从一个地方到另一个地方
从一段时光到另一段时光
一辈子跋涉
从没走出自己的内心

许多时候
我们对冷暖的感受
与天气无关
与衣着厚薄无关
只源于自己的内心
有人思念
再漫长的夜
也不会觉得孤寂
无人陪伴，身处闹市
也会觉得凄凉
我们的心怎样

世界便怎样

茫茫人海里
人是一座孤岛
在潮起潮落中沉浮
每个人的心都是自己的监狱
我们忍辱负重
甚至赴汤蹈火
最终一无所有
只有那满身的伤痛
还有从心里流出的血
才是最后的拥有

一 起

此刻,那辆自行车
显得疲惫、苍老而孤独
载不了春,载不了秋
被人遗忘在屋檐下

曾经,一路风雨
冲破每一个黑夜与白昼
多少次忍辱负重
多少次身心俱伤
走过平坦,走过坎坷
走过绿洲,走过荒凉
却没有留下一丝足迹
只是一路向前,一路铃响

黄昏的时候
我坐在板凳上喝茶
它看着我,我看着夕阳
一样沧桑,一样沉默
就是在崭新的时候

走在路上，也没多少人注意它
现在更是连影子都没有

它离那斑驳灰白的墙
只有半步之遥
却始终无依无靠
仿佛随时会散架
又好像随时准备出发

所有的日子

人这一辈子
岁月给了几十年光阴
我们有成千上万的日子
可以选择成千上万种生活方式
依然从一而终
为一个人或一座城
为一段情或一句承诺
日出而作，日落而息
栉风沐雨地守候
过去所有的日子都过去了
又好像都没过
未来所有的日子还没过
又好像都已过完
放弃了每一次改变的机会
不是麻木也不是执着
只是不想从头再来
在那个时间，那个地方
我们来到世上
在另一个时间，另一个地方

我们遇见该有的遇见
总会有特别的安排
每个经历都是唯一
每段光阴都不会荒废
山的外面还是山
路的尽头还有路
我们只是其中一段
不可能成为其他
也许心酸,也许欣慰
都是岁月对我们的眷顾

半是清醒,半是迷茫

人生是真实的
岁月是虚幻的
人生所谓的百年孤独
也难敌岁月的片刻风霜

风从远方来
吹过无也吹过有
人们只看到
花的绽放和叶的飘零

在黑白的世界里穿行
半是清醒,半是迷茫
人们在荒丘上盖了无数房子
用来遮风避雨
在那里栖息的
也只是一副皮囊
灵魂依然在荒野飘荡
寻找梦寐以求的归宿

许多人津津乐道的

许多人痛心疾首的

终其一生的愿望

也只是在原有的黄土上堆新的黄土

在旧的废墟上建造新的废墟

苍穹之下，再巍峨的宫殿也高不过天空

所有的人生都将被历史的尘埃淹没

唯有灵魂不朽

在经历无数生老病死后

依旧刻骨铭心

和岁月一起地老天荒

破茧而出

每个人
都是岁月的囚徒
一辈子，被困在命运的牢笼
牢笼的外面
山连着山
河连着河
我们无路可逃

命者，时也
运者，势也
总会有人听天由命
在命运的蛊惑里安乐至死
总会有人不甘束缚
在命运的禁锢里破茧而出

曾经吹过的风、淋过的雨
头顶的日月星辰
总在告诉我们
另一个世界也一样

有黑有白
有生有死
我们并不孤独
也不是在孤军奋战
在很远或更远的地方
有许多人和我们站在一起

母亲的家

我的家乡在南方的山里
山的前面有条小河
河连着江,江通向海

我家的院子在村子边上
一条石子路从房前穿过
一头走向山里,一头走向河边

母亲年纪大了
我只好把她接到城里
母亲生病后
时而清醒,时而糊涂
眼前的事记不住
才下楼就不知住在哪
很久以前的事却忘不掉
总唠叨着要去河边洗衣服
要到山里摘蘑菇
在母亲眼里
城里没有山也没有河

楼太高，不接地气
路太多，找不到方向
甚至连块种菜的地都没有
觉得自己是住在儿子的家里
经常闹着要回自己的家

母亲的家在山里
现在和儿子一起住在城里
母亲的家是母亲儿子的家
儿子的家却不是儿子母亲的家
百川东流，进入大海
谁托付了谁，谁又辜负了谁

我们小时候
总想离开那个家
却总是走不了
母亲老了，总想回到那个家
却总是回不去
时光荏苒
绿了谁的山，谁的水
又白了谁的乡，谁的愁

房子是身体的庇护
家是灵魂的归宿
有人有许多房子
却没有自己的家
现在,母亲还在
我们会说,自己的老家在山里
许多年后,我们或许只是说
我们小时候
那山,那河,那院子

岁月穿过每个黎明和黄昏

早春三月的上午
阳光正好,只是天还有些冷
我轻轻地挥手,与四十年的职业生涯告别

几十年时光,瞬间成为过往
今天又变回昨天,当一切弃我而去时
留下的只有结束和老去的容颜
一万多个日日夜夜,仿佛总在出发
从南方到北方,从一座城市到另一座城市
千山万水跋涉,却没有留下脚印
每次的不期而遇
一朵花的枯荣,一盏茶的冷暖
甚至一个人的生死
都是来去匆匆,来不及回眸
岁月已穿过每个黎明和黄昏
有些事,有些人,或许今生不再相见
过去所有的风,所有的雨
此刻,都已归零
我是一个自由的人

不再担心日出和日落

曾经的孤独，已结出了果实
曾经的痛苦，已长出了疤痕
蹉跎半生，依旧有家可归、有人可恋
该是怎样的幸运

冬天过了，春天自然会来
许多事情不用多想
一段时光结束了
自然会有另一段新的开始
我把前半生给了过去
现在，只想把余生留给未来
我们每一次对岁月的眷恋
都会刻在岁月的年轮上
从今往后，放慢脚步
用心善待所有的遇见
白天，抱一片天
入夜，守一盏灯
像所有的光一样
来去无声，托起朗朗晴空

竹子的出路

我家住在山里
屋后有成片的竹林
编竹篮是祖祖辈辈传下的手艺
从小就耳濡目染

我把路过的风和雨编进去
把鸡和鸭的叫声编进去
把老人和小孩的话语编进去
也把自己的喜怒哀乐编进去
我的日子磕磕绊绊
却把篮子编得整整齐齐
想着它既结实又好看
盛得住青菜萝卜
盛得住桃子苹果
盛得住米饭和腊肉
盛得住未来的每一个日子
从没想，那篮子终究是别人的

我把竹子砍下、剖开

听到了刺刺啦啦的声音
岁月把我的手裂开
我无动于衷,只看到那殷红的血
像路边草丛中的花一样,醒目而艳丽

竹子失去了家园
成为人们家里的常客
我失去了自己未曾拥有的期盼
只有在赶集的日子才走出山里
站在街头,怯怯地吆喝

草木一秋

昨日立秋
想着有所期待
只是今天的天气依旧闷热
和昨天一样

无意中听到一个消息
一位过去的同事离世了
想不起他曾经的模样
依稀还记得这个名字

一个熟悉的人走了
一片陌生的叶子开始酝酿
以怎样的姿态离开
会让这个世界记得

程 序

年纪大了以后
吃饭就不再局限于原先的意义
好与坏、多与少已不再重要
而是一种仪式
一种必须履行的程序
中午饭吃了，一上午就过了
晚饭吃了，一天又过了
有多少人，吃了上顿
没有等到下顿

子女们总是希望父母活得长
老人们总是希望自己活得好
一日三餐就成了焦点
是早，还是晚

总有年轻人调侃
现在的老年人真幸福
中午十一点、下午五点就吃饭
并露出一脸羡慕的神情

老年人只是苦笑
夕阳西下，江水东流
既是无奈，也是归宿

孤独的洋葱

一

有人说，人生是颗洋葱
总有一片让你流泪
其实，洋葱是无辜的
真正让人流泪的，是心灵的痛楚

二

人们总是相信，生活是美好的
辛勤耕耘，自然会有收获
冬天过了，春天就会来临
当一切被现实摧毁时
人们猝不及防
再也欺骗不了自己
不得不惨淡面对
你竭尽全力地呐喊
撕心裂肺，却没有一丝回响
你早出晚归
披星戴月，终又回到原点
你渴望的，依旧遥不可及

你逃避的,总是不期而遇

残酷、冷漠,还有自私、丑陋

随着生老病死

从时间的幕后走向台前

赤裸裸,堂而皇之

再也不用遮遮掩掩

人们总在希望

又总在失望,甚至绝望

一次次等待,却一次次被错过

一次次爱着,却一次次被伤害

在无数次挣扎后,还是无路可逃

只能在黑暗处,在无人时,独自抽泣

为那些心酸、痛苦甚至牺牲

作一个交代,继续下一段旅程

三

我是一颗孤独的洋葱

在阴冷的地下室

在潮湿的案板上

思索着未来

红的,白的

辣的,甜的
只能选择一个
如果满足了所有人
就得罪了所有人
所以,我只能做自己
哪怕卑微,哪怕平凡,哪怕腐朽
甚至被人遗弃,我依旧是我

藩 篱

岁月这把镰刀

割去了春,长出了夏

割去了秋,长出了冬

割了一茬,又长出一茬

父亲习惯把镰刀放在篮子里

把篮子放在门口

什么时候出门

什么时候随手拎着

在父亲的眼里

镰刀既是过去的功臣,也是未来的陪伴

没有什么庄稼活儿是镰刀搞不定的

在我眼里,这镰刀太土、太旧、太落后

没几个年轻人喜欢

我总是趁父亲不注意的时候

把镰刀连同篮子一起放到角落里

我们总在争论

镰刀好,还是手机好

种庄稼好,还是送快递、送外卖好

至今也没有个一致的结论

现在，这镰刀已豁了好几个口子
瘦弱的比父亲还瘦弱
迟钝的比父亲还迟钝
再也无力割开稻田和田埂之间的那道藩篱

过去是我们的脐带

年轻的时候
我们总是心高气傲
世界是我们的,未来是我们的
过去都是多余的,只是累赘
一心想着逃离
想着划清界限
所以拼命往前赶
等到老了,如梦方醒
发觉只有过去才属于自己
过去是我们的脐带
连接着我们的未来
无数的未来
前赴后继地成为过去
正因如此

沙漏中的一颗沙子

岁月是时间的打更者
在春天,是花开的声音
在夏天,是蝉鸣的声音
在秋天,是叶落的声音
在冬天,是雪飘的声音
从古到今,岁月不辞辛苦
从未报错任何时刻
人们春播夏种、秋收冬藏
从未耽误过

对我而言,时间只是一块抹布
擦去污渍、灰尘和其他脏东西
擦去过往,包括得失、荣辱、悲喜
擦去也会成为曾经的现在和将来
就这样日复一日、年复一年
所有的季节越擦越光洁
我们的人生却越擦越单薄
最后像一颗沙子,装在沙漏里
成为打更报时的凭证

父亲的乡村

儿子在城里买了房
把乡下的父亲接到城里
饮食起居照顾得无微不至
父亲总觉得自己是个客人
这个家是儿子的家
他在这个家里从不敢乱动
生怕做错了事,生怕损坏了东西
比自己的小孙子还规矩
只有在日出之后和日落之前的这段时间
他才偷偷摸摸去离家几百米的菜市场
也不买菜,只是四处转转
摸摸那带着露水的新鲜蔬菜
闻闻那菜上泥土的味道
找个熟悉的乡音说说话
经常忘了回家
比自己的小孙子还自由

在城里待了两年
父亲从没把这个城市当作自己的家

他到菜市场的每一次闲逛
只是为了从乡音中找到一些慰藉
收集和他一样散落在外的
属于乡村的灵魂，找回他的田野
和属于他的苦难和荣光

北方的乡村长在土里
南方的乡村泊在水里
父亲的乡村只是那个菜市场

一样的容颜

在镜头前
我总是故作镇定,因为我知道
黑色的头发是染的
红润的脸颊是化妆的
宽厚的肩膀是垫出来的
但我还是按照摄影师的要求
摆出各种姿势和造型
没有一丝别扭
甚至还有点侥幸
镜子是虚伪的
习惯了见风使舵
你装什么就是什么
在它眼里,只有美丑
没有虚情和假意

生活也是一面镜子
既辨美丑,更分善恶
人性的丑陋和光芒
逃不过生活的眼睛

我们可以装一时
却装不了一世
心总有累的时候
我们可以欺骗别人
甚至可以欺骗自己
却无论如何也欺骗不了生活
生活中最好的风景
不是所谓的风花雪月，而是柴米油盐
酸甜苦辣不是装出来的
而是日复一日熬出来的
你的付出
也许无奈，也许平淡
甚至是难言的伤痛
都会沉淀在生活的土壤里
生根发芽，长出和你一样的容颜

行走在悬崖之间的绳索上

世界之大，无非有和无
岁月之长，无非黑和白
命运之舛，无非生和死
千万年来，人们的争斗
苦难或辉煌，莫不如此

宇宙浩瀚，人生有限
我们命悬一线
行走在悬崖之间的绳索上，战战兢兢
在天空和天空之间
在过去和未来之间
来回奔波，传递着消息

世界的改变，岁月的沉浮，人类的归宿
也许悄无声息，也许惊天动地
从来没有什么误解
只源于我们的内心
或一念之差，或一己之私

我是一个富有的人

年轻时,除了过去

我一无所有

退休后,除了年龄

我也一无所有

往事不堪回首

未来总是姗姗来迟

在岁月的夹缝里

我终于有理由停下脚步

不再显得尴尬

流过汗,流过泪

付出了全部,岁月已不再荒芜

花谢了,叶落了

树依然是树

流星坠落,江河远去

我依然是父母的孩子

也是孩子的父亲、妻子的丈夫

我还是一个富有的人

一个有事可做的人,一个不可或缺的人

不同的舞台有不同的精彩
往后余生,当尽心地装扮自己
演好不同的角色
哪怕没有台词,只是背影
旭日东升是出发,夕阳西下也是
开始并不重要,重要的是归宿

装空调的人

只有这一条路
或者上,或者下
是走向高处,还是走向低处
他只关注脚下
楼不高,有五层
空调加包装,有百把斤
从一楼到五楼,他要歇三次
他的背像山一样拱着
驮着那些翠绿的草木
驮着那些肆虐的风雨
驮着那些或明或暗的时光
他的路汗迹斑斑
他的生活气喘吁吁
却始终坚信,在他离开后
那些温暖、清凉会如期而至
而他只在自己的期盼里
周而复始,来来往往

命 运

岁月是个占卜师
拥有无限神明
他总是在路口
为路过的人指点迷津

还记得那个早晨
阳光明媚,我虔诚地站在他面前
他攥着我的手掌,语重心长地说
你的命运就在你的手里

那时候,我的手
像刚破土的树苗
充满无数向往
纤细着,嫩绿着
想托起天空下的一切
后来我的手,经过风雨侵蚀
粗糙得像秋天的树皮
掌中的老茧,再也感觉不到冰雪的寒冷
再到后来,我的手变得干瘦

像冬天枯萎的树枝
仿佛一弯曲就会断裂

曾经的这双手
播撒过种子,收获过稻麦
无论阴晴,没有错过一段时光
也曾握过许多人的手
熟悉的,陌生的
无论悲喜,都真诚地给予温暖
现在我的手,已握不住任何东西
那个占卜过的命运
已在不经意间滑落
不知在何时,也不知在何地
遗失在走过的路上

我是愚钝的,也是执着的
从不去怀疑什么
像一个农夫,耕作了一辈子
从不会埋怨那块土地
两手空空,眼里却装满了世界和未来
我终于成了岁月的信徒
站在路口

为后来者讲述自己的故事

世界上不会有两片相同的树叶
也不会有两种相同的人生
谁都有自己的活法
相信什么就去做什么
相信自己是一颗种子,就去生根发芽
相信自己是一滴水,就去融进河里
相信自己有一双翅膀,就去学着飞翔
相信自己能奔跑,就风雨无阻去跋涉

岁月从不说话
别迷信所谓的命运
那都是事后的托词

父亲三轮车上的定位器

老父亲又走丢了,这次是在晚上
在一个乡不乡、城不城的地方
在一个他既熟悉又陌生的地方

八十多岁的人,喜欢一个人四处溜达
走路怕累着,骑自行车怕不安全
家人只好给他买了辆三轮车
既可以走路,又可以休息
并在车上安装了电子定位器
从此,他再也没有走出家人的视野

下午
他会准时出现在那个地方
不紧不慢,不声不响
那片村庄已成废墟
被隔在 人多高的围墙里
再不像以往那样敞亮
一开门就能看到田野、山峦

他原来住在这个村庄里
现在这个村庄,连废墟都是别人的
在那个废墟里
掩埋着他祖祖辈辈的记忆
掩埋着他大半辈子的老屋
他总是提起,那院子里的山楂树
春天的花,像雪一样白
秋天的果,像火一样红

时而,他背靠着倚在车上
时而,他盘腿坐在路边的田埂上
就这样默默地看着、想着
他在外面,看不见里面的光景
里面的废墟,也看不见他的模样
他们看到的只是灰色的砖墙
像一块洗不干净的门帘子
将他们一分为二

每天,他总是周而复始
沿着那围墙转啊转啊
寻找着过去的时光
再在饭桌上不停地给我们唠叨

他的身体,再也没从那废墟上站起来
他的日子,再也没从围墙里走出来

这片村庄曾经养育了这座城市
现在又注定要为这座城市奠基
终于,在寻寻觅觅中
在不知不觉中,遗失了自己

归去的路上，我只看你

这是个特别的时刻
我想敬你一杯酒
感谢你不离不弃
我想敬自己一杯茶
感谢自己无怨无悔

我们原先没有特别的缘分
只是在那个春天
在那阵风吹起的时候
我刚好路过，茫茫人海
这也许是命中注定

我们总要回头
看看走过的足迹和自己的背影
是深是浅，是正是邪
我们总要抬头
仰望星空和无尽的远方
仰望前方山谷升起的炊烟
是虚是实，是短是长

过去的日子,是一件缩水的衣服
洗得再干净,熨得再平整
穿在身上,也难有光鲜亮丽的感觉
时间不会放过我们
从生老病死到柴米油盐
明目张胆操纵着我们的命运
我们也从未放过一分一秒
或醒或睡,或枯或荣
都还以颜色

我们学会了沉默
习惯了独自在黑暗中思考
学会了宽恕
像海洋般对待每一条河流
学会了与自己和解
不再寻觅那所谓的答案
像河流一样
弯弯曲曲,自然通向远方
像草原一样
年年枯萎,年年繁华依旧

曾经说过，我愿是把伞
撑住一段阴晴不定的日子，与你同行
不去勉强修补那些伤痛，还有那些遗憾
那些时刻，或者将来
我们都是这次旅行的主角
悲和喜，苦和乐
只是我们路过的一个景点
过就过了，忘就忘了

你是谁，便会遇见谁
你就是你的诗和远方
如果秋天注定要来
与其在原地苦苦等待
不如我们携手，欣然前往
归去的路上
我的眼里没有风景，只有你

同路人

不必愤愤不平
不必苦苦自责
就在此刻

请珍惜和善待
你走过的每条河、每条路
你遇见的每棵草、每棵树
还有，它们脚下的每一寸土地

请珍惜和善待
你走过的每个黎明、每个黄昏
你遇见的每场风、每场雨
还有，它们背后的每一段时光

更要珍惜和善待
你遇到的每个人
以及你们之间的每一个故事

也许，曾经拥有

爱过，恨过
也许，属于不同的世界
曾经遇过，又错过
这些都已成为过去

下一段旅程，我们都要
走向秋天和更远的地方
成为同路人

夏天的指纹

每天,每天

每天,我都在写诗
并不是附庸风雅
只是想给灵魂找个归宿
孤独的时候能够歇一歇
不至于四处游荡

每天,我都在锻炼
并不是参加比赛
只是想让身体强壮一点
疲劳的时候能够靠一靠
不至于弱不禁风

每天,我都在沉默
并不是故作高深
只是想积蓄一点力量
说话的时候让人听见
不至于无声无息

每天,我都在仰望

并不是嫌弃脚下的土地

只是想沉淀一下思想

当风雨来临的时候

不至于惊慌失措

每天，我都在告别

并不是喜新厌旧

只是想让自己变得从容

当岁月交替的时候

不至于患得患失

每天，我都在获取

并不是贪得无厌

只是想清理一下行囊

当草木凋零的时候

不至于劳心苦思

每天，我都在做梦

并不是想入非非

只是想盘点过往

当真正醒着的时候

不至于浑浑噩噩

每天,我都在活着
并不是苟且偷生
只是想记住每段风景
当船到码头的时候
不至于追悔莫及

岁月,习惯以自己的方式流转
从不会朝三暮四
每天与每天,都是顺其自然
只是我们,每天都在寻寻觅觅
期待找个山清水秀、风轻云淡的地方
安放每个黎明、每个黄昏
其实,我们无从选择
跟着时光的脚步
一起绽放,一起枯萎
不错过,不走失

待价而沽的人生

一

这是个农贸市场，成天熙熙攘攘
天上飞的，河里游的，地里长的，琳琅满目
人们从四面八方赶来
怀揣着各自的梦想
收获自己想要的东西

市场看似乱哄哄
实际上有自己的规则
不同的物品聚集在不同的区域
混乱而有序，嘈杂而平静
买的和卖的
微笑着，算计着，真诚的，狡猾的
既是对手，又是伙计
在同一个空间里，扮演着不同的角色

这是个公平的地方，一分价钱一分货
高低贵贱明码标价，用不着遮遮掩掩
谁都可以比较、选择

可以早去，图个新鲜
可以晚来，图个便宜
需要或不需要，没有人强迫
人们一边失去，一边又获得
没有痛苦和纠结
有的只是满足和心安理得

总会有一些冲突
我的包碰着你的手
你的篮子撞着他的腿，没有人会在意
偶尔有忘了付钱的
也有付了钱忘记拿东西的
甚至有缺斤短两的，谁都懒得计较
解释清了，哈哈一笑
各走各的，各忙各的
这样的故事时刻都在发生
人们习以为常，没有人会围观

一
我也是这里的常客
徜徉在这样的环境里
我总是目不暇接，总是见异思迁

原先的计划一次次被改变
去时两手空空,归时行囊满满
总有一种获得感
扬扬自得回到家里
夫人却不停埋怨
这个买多了,那个买老了
还有的根本不需要
我又一下回到沮丧中
狡辩着无数理由
发誓今后再不去买菜了
没过两天,我又踌躇满志
走上了通往市场的路

三
这样的市场
在各地还有很多
许多人像我一样
正走在去的路上
未来难以捉摸
充满无数的想象和可能
人们总是趋之若鹜
有的拿汗水作交易

有的拿青春作交易

有的拿感情作交易

有的拿父母的心血作交易

有的甚至拿良心、人格作交易

换取可怜的机会，和自己想要的未来

这样的交易时刻都在发生

这是另一个市场

人们身在其中，却看不见

他们都戴着面具，不知道面具后面

是否有你，是否有我

盖房子的人

站在脚手架上
仰望蓝天，这么近
俯瞰大地，这么远
房子在一点点升高
我的灵魂却在一点点坠落

我把黎明和晚霞拌进混凝土里
我把四季的风雨拌进混凝土里
抹平一块砖和另一块砖之间的缝隙

我把痛苦和喜悦拌进混凝土里
我把过去和未来拌进混凝土里
抹平一个日子和另一个日子间的沟沟坎坎

每一块砖就是每一个日子
厚实而沉重
在我的手上起起落落
后来者总是居上
压住过往，动弹不得

我也是岁月建造的流动板房
这房子年久失修
遮不了风,挡不了雨
却住着我和我的家人
庇护着我们的未来

每个人的一生都是传奇

一

我坐在这里,心不知所往

我离开这里,心却守望远方

二

每个人都是唯一

一出生就肩负使命

这些希望如枷锁般沉重

套在身上,无法摆脱

时间久了,便进入人们的手脚、头脑和五脏

甚至融入血液

当躯体和灵魂浑然一体

如夫妻般相依为命时

是人们生的结束,死的开始

幸福和痛苦只是伴奏

三

日子每天都很从容,早来晚走

人们总是慌里慌张,患得患失

岁月一如既往地流逝
从不为谁停留
躯体在彼岸，灵魂在此岸
看似心有灵犀
人们就像日益破损的木桥
被不停地撕扯着
顾了这头，顾不了那头
在左右为难中
维系着摇摇欲坠的平衡

四

从相识、相知到相爱
躯体和灵魂总是形影不离
一起在树下看日出
一起在窗前等黄昏
一起在风雨中牵着手
眺望远方的山
思念远方的水
甚至一起叹息
与繁华的过去渐行渐远
总有这样的时候，彼此貌合神离
在冠冕堂皇的理由下

一个酣睡着,一个清醒着

一个喧嚣着,一个沉默着

一个跋山涉水、风餐露宿

一个悠然自得、载歌载舞

没有仇恨却总在较量

对与错,忠诚与背叛

无数次争执,无数次和解

如四季交替,互相否认着

又心安理得继承着

五

躯体总在衰老的路上

日益消瘦

灵魂总在青春的路上

越发自由

躯体的病,叫痛苦

灵魂的病,叫纠结

在镜子里,人们看到的只是憔悴

在 X 光里,人们看到的只是骨骼、内脏

在人们自己的眼里,却看到了红色的血在流淌

看到了心的跳动和坚强

在老去的路上,人们总是小心翼翼

隐藏着那些背道而驰的秘密

躲在无人处给自己疗伤

自己的病自己知道

并非不治之症，无药可救

很多时候人们只是犹豫，该先救哪个

六

人们总在赞美并渴望

强壮的躯体，高尚的灵魂

躯体和灵魂也不安分

总想要走到更远的地方

选择另一种生活方式，看到更多的风景

千辛万苦到达山顶后

才发现自己是多么孤独

想象中的比翼双飞，只发生在飞鸟身上

人们没有翅膀，只能在大地上

或行走，或奔跑

更多时候是踽踽独行

躯体和灵魂的结合

孕育了人们鲜活的生命

苦难或辉煌后

生命的未来又会葬送在谁的手上

是日渐无奈的躯体,还是自由惯了的灵魂

七

太阳与月亮,有黑暗和光明维系着

过去与未来,有荣和枯的岁月维系着

天空与大地,有风和雨的思念维系着

生与死,有悲欢离合的命运维系着

人们的躯体和灵魂

则有爱和恨的血脉维系着

爱一辈子,也就恨一辈子

挣扎着,埋怨着

依旧不离不弃

八

在浩瀚的宇宙里

人的一生是短暂的

如流星划过天际,来不及回首

在平淡的日子里

人的一生是漫长的

许多生老病死,来不及告别

每个人都饱尝艰辛

每个人的一生都是传奇

百川归海
依旧奔腾着、平静着
依旧欢欣着、痛楚着
还会有堤，只是
此岸已为今生，彼岸已是来世
那些风，那些雨，还有那些苦涩的气息
会一直留下来，如海上的流云
或有或无，时远时近

木头腐朽的声音

世界,其实是有声音的
花开的声音
禾苗拔节的声音
冰雪融化的声音
因为忙碌,或者不甘寂寞
都被我们无视
许多时候,我们只是沉默
就像许多椅子,并排放着却相对无言
也许还是同一片林子的木头
甚至是同一棵树上的木头
繁华过尽,再少的话也是多余
沉默是最好的慰藉
在风雨的侵蚀里
偶尔也有木头发出腐朽折断的声音
那不是伤痛的声音,只是一声叹息
万物竞相生长,这轻微的声响
很快便被淹没在尘世的喧嚣中
无声无息

逃 离

一

每个人都是自然的一分子
总有人想逃离
觉得自己与花草虫鱼为伍，低人一等
每个人都来自茫茫人海
总有人想离开
觉得自己不是普通人，不能混同于芸芸众生
所以，人们就有了许多冲动
建造了一栋栋房子
把自己与外界隔离开
陶醉在一隅
本来无穷、繁华的世界
只剩下客厅里的一盆花
院子里的一棵树和孤家寡人

二

在一个地方待久了
会觉得熟悉的环境也是一种窒息
总想着离开，去一个陌生的地方

没有人知道自己是谁

找一个角落

喝一杯咖啡,听一段音乐,来一场邂逅

甚至在一个人迹罕至的地方

倾听自己的心跳,思考人生

在所谓的诗和远方里

弥补错过的一切,包括梦和幻想

人生本就是一场旅行

只有出发,没有终点

走过千山万水,最好的景

依然只有咫尺之遥,等待你的

或许是更沉重的期待,更难熬的记忆

旅行是灵魂在流浪

我们可以逃离现实,却永远无法逃离生活

三

房子没有窗户

阳光进不来,总会觉得阴冷

给没有窗户的房子安窗户

事成以后,天气却阴晴不定

想象中的光景并没有如期而至

每个人的心就是每个人的房子

住着过去和记忆，住着家人和亲情
心如阳光，就算天寒地冻
也会温暖如春
每一次逃避，每一次改变
或许都不是我们最真实的想法
我们只想离开，离开压抑的地方
只是走得越远，禁锢的笼子就越大
我们走不出自己的内心，无路可逃
你的心是什么样子
世界就是什么样子
心有居所，就算是远在天涯
你想要的风景，都会纷至沓来

代 价

母亲年轻时
走路或办事
背总是挺得笔直
像扁担一样
现在老了
背只能佝偻着
像废置的弓一样

平衡生活的悲欢离合

三月的上午,闲来无事
开始收拾书桌书柜
为刚来的一堆行李准备空间
阳光从窗口进来
照在身上,亲切而温暖
总觉得自己是个简单的人
看着眼前的一堆五颜六色
才知大错特错,哪个是真正的自己
购物的小票,过时的名片
旅行的车票,枯干的水写笔,会议的代表证
这些是自己的吗,是自己带回家的吗
留下来的理由是什么
曾经的每一件物品
也许事关得失、荣辱
打开记忆的闸门,却再也找不到当时的证据

过去是什么样子,总觉得已经远去
其实它一直都在,像一本词典
藏在那个只有它知道的角落

惦记着、牵挂着
等着我们回头
这么多过去聚在一起
它不会孤独,只是我们
一心想着往前走
把过去作为包袱
不敢面对
即使是抛弃时,也没有丝毫留念和惋惜
曾经的刻骨铭心,现在的若无其事
我们是更淡定了,还是更麻木了
谁会给出答案
在忙忙碌碌中
阳光已经移到旁边的墙上
不再眷顾我

岁月顺流而下
人生拾级而上
现在看来不屑的
当初是怎样痴情
我们自以为是的
在别人眼里又是怎样不堪
过去是忠诚的,背叛的只是我们

我们一边积攒着，一边遗弃着
行囊满满，却仿佛两手空空
反复犹豫着，值得或不值得
我不敢怀疑过去，却开始担心现在
在希望和失落之间，我们来回奔波
平衡着生活的悲欢离合，不至于倾倒
谁会坚持到最后

第四辑　台　阶

思 念

月亮像个浮漂
飘在漆黑的夜空
线这么长
一头系着天南
一头系着地北

谁在水里
谁又在岸上
水这么深
主宰沉浮的
是你，还是我

蝇

像鸟儿一样
我也有一双翅膀
可以自由飞翔
只是许多时刻
我总是被人们追逐
找不到落脚的地方
是否，这就是我的命运

平凡或荣耀
都是自己的选择
不贪图热闹，不羡慕荣华
在田野、树林、天空
我也有足够的天地

草长在土里，云飘在天上
芸芸众生，各有各的家园
各有各的向往
只有生活在自己的世界里
才是自由的、平安的

仰望自己

天空，是无数人的目光撑起来的
夜幕降临，万家灯火
当人们不再抬头时
只有收敛起白天的趾高气扬
坠落人间，在黑暗中
与草木为伍
月亮惴惴不安
惶恐地看着发生的一切
蛊惑着那些不甘寂寞的人
在茫茫星海里，仰望自己

第四辑　台　阶

只有一扇门

有人说，所谓的人生
只在门与门之间
人们风雨兼程
只是从一扇门到另一扇门
上学时，进学校门
结婚时，进婚姻门
上班时，进单位门
旅行时，进车站门、港口门
所有的门都神秘莫测，像围城一样
里面的人想出去，外面的人想进来
门口永远熙熙攘攘
其实，人生没有那么复杂
从出生到死亡，从进来到出去
不管走多远，一直只有一扇门
只是人们的去向不同

蜗　牛

世人总在嘲笑蜗牛

说它身体太小、壳太大、爬得太慢

其实在岁月眼里

我们与蜗牛没什么差别

我们虽然有双腿，却也是匍匐在地

走得不一定比蜗牛快

许多事情蜗牛能做到

许多地方蜗牛能到达

我们只能望尘莫及

我们早已习惯了高高在上

一厢情愿地认为自己是天地的主人

却不料想成了蜗牛的笑话

我在梦中淋湿

一条鱼,不屈不挠

从井里跳到我的桌上

又从桌上跳到河里

我奋力追逐

却不知被什么动物

拍倒在河的对岸

我闭着眼睛

感到闪电一晃而过

雷声由远及近

那些雨的声音

从雷电撕开的口子,倾泻而下

淹没整个城市和河流

我在梦中淋湿

惶恐不安地爬往高处

等着被营救,或被吞噬

秋天的秘密

日月高悬在天上
风和雨把住了
通向黎明和黄昏的每一个路口
我被困在秋天,无路可逃
经常有些树叶
悄悄叩响我的窗棂
或告别,或嘱托
我把院子打扫得干干净净
不留下它们来过的蛛丝马迹
然后,若无其事
消失在苍茫的人海

鞋

一

总怕被人发现
所以我只在天黑的时候
才敢穿那双破旧但舒适的鞋
从此以后,那双鞋再没见过阳光

二

许多人,总在起步后才发现
自己还光着脚
于是又回到起点
穿上鞋重新出发

杯子的语言

我从不言语,往那儿一放
人们自然就有默契
其实,空闲的时候
我也总是盛满期待
像你的心一样
像你向往的天空一样
许多时候,沉默就是最好的姿态

开 关

总在羡慕那盏灯
开关一开就亮
开关一闭就暗

想在自己身上
也装一个开关
一开,白天就来了
一闭,黑夜就来了
或醒,或睡
用不着朝朝暮暮地等待

借这个开关
妥善安排寂寞、孤独、思念的时间
妥善安排欢笑、悲伤、痛苦的时间
各行其道,各安其事
不至于节外生枝,手足无措

其实,每个人身上
都有一个开关

夏天的指纹

　　控制着灵魂和身体的生死
　　只是这个开关
　　或使用过度，或年久失修
　　早已不在状态

鸟　笼

笼子挂在树上
大树长在院里

院子的外面
是无尽的田野
大树的上面
是无尽的天空

是谁，把田野、天空束缚着
关在了笼子的外面

而我，只在小小的笼子里
自由地唱着无忧的歌

路上捞的鱼

这场雨，姗姗来迟
比预告晚了两天，也大了许多

昨天走过的路
淌在污泥浊水里，奄奄一息

我到达菜市场时
那些鱼在盆子里活蹦乱跳
摊主说，今天的鱼有点特别
是从路上捞的

第四辑 台 阶

生活的味道

家里的厨房,在房子的北面
冬天,阳光不会光顾
夏天,阳光会长时间停留
我在厨房里
或手脚冰凉,或汗流浃背
忙着一日三餐

岁月给了我空间,不会给我感受
给了我机会,不会给我结果
阳光的去留,谁都无从决定
只是我能够
选择自己想要的活法
做出自己喜欢的味道

父与子

这条路很窄
只容一个人通过
你走的时候,我只有停在一头
是谦卑,也是唯一的选择

我不知道
风什么时候来,雨什么时候来
它们有无数的来路
我仅此一条,只好在原地等候
怕它们绕道而行

许多相遇,哪怕是擦肩而过
一辈子,或许只有一次

人　生

它们躺在烟盒里
看似规规矩矩、整整齐齐
却丝毫没有生命的气息
我把它们一根根抽出来，用火点燃
于是，它们都活了
有了寂寞、忧伤、痛苦、喜悦
也许它们在盒子里躺了很长时间
安全、舒适、无忧无虑
真正有价值、有尊严
也只是在被点燃的那个片刻

夜的方向

黑夜
是光的战场
也是光的坟场
总有幸存者不甘屈服
如天上的星辰
如我们的眼睛
虽然距离遥远
却互相掩护着
在漆黑的世界里
寻找远方

夜里的回响

一本书，看了半年
每天几页，悄无声息
只是在翻最后一页时
从手中滑落
书落到地上的那个声音
在寂静的夜里
显得格外的响
把我吓了一跳
也惊醒了旁边睡着的人

我的影子

这条路
一头向南，一头向北
我走了几十年，还没走到头
曾经的时光
有的长成了黎明
有的长成了黄昏
还有的长成了树、长成了草
没有一个像我一样苍老
太阳西斜
阳光穿过我的后背、前胸
照在东边的墙上
行人来来往往
在我的影子里，任意出没

台 阶

今天是我的生日
肯定也是谁的忌日
我不敢高调庆祝
怕亵渎了那些亡灵

在那个夏天的那个时刻
有人离去,有人出生
我是否就是被托付的那个
被赋予了特别的使命

或许,我只是一级台阶
却没人能跨越
像其他台阶一样
只能一级一级踩着过去

界 限

城在山外
城里的人们披星戴月地劳作

庙在山里
庙中的和尚从早到晚地诵经

一个在与别人比较
一个在替别人超度

想把山里的还给山里
把山外的还给山外
只是人们不知道界限
是山上的一棵树
还是山中的一条河

想把白天的还给白天
把黑夜的还给黑夜
只是人们分不清自己
是睡,是醒

都 是

把句子从中间断开
长一行，短一行
便有了诗的样子

把生活从中间分开
平凡一日，非凡一日
却找不到回车键

化 石

那些声音,总是破窗而入
无所顾忌地占据每个空间
我也习惯了这样的方式
一直与它们相安无事
时间久了,互相熟悉了
它们会把外面的世界讲给我听
我也会向它们倾诉自己的心事
后来,我终于经不住诱惑
违背了彼此的承诺
把它们的秘密泄露给别人
失去了信任和默契
我又回到孤独中
那些心事只能像化石一般
在黑暗中继续沉睡

墙角的花

影 子

我的身体如此单薄
像叶子一般在空中飘着
我的影子却这么沉重
永远只能匍匐在地

盆里的花

你想要的整个世界,我给不了你
只能倾尽所有,把我的世界全部给你

鹦 鹉

不会讲自己的语言
是鸟的悲哀
教鸟说人话

是人的悲哀

秋 叶

从去年冬天就开始准备
想给你一个惊喜
一阵风吹来，一切又回到从前
幸好，你没来

黑夜里的花

所有的花
在黑夜里都是一个颜色
不分彼此，只是在梦里
它们依旧争奇斗艳，像白天一样

筵席上的鱼

虽然煎炸蒸煮

经历无数折磨

依然只是筵席上的小角色

曲终人散,剩下的只有残羹冷炙

沉　默

沉默地守着余生

生怕一开口

跑掉最后一口气

命就没了

背　叛

我偏瘫的右手

像枯枝一般,挂在我的身上

它离我的左手

那么近,又那么远

曾经相依为命,如今已成陌路

蚊 子

许多时候
折腾我们一夜难眠的
不是刻骨铭心的痛苦或寂寞
仅仅是几只小小的蚊子

归 路

其实,到过山顶
我们便已走在下坡路上
只是路边有花有草
迷惑了我们的感觉
归去的路上没有风景
只有风尘

秘 密

我把所有的思念
藏在自己的影子里

就算光天化日
也无人看清其中的秘密

夸 赞

对于七八十岁的老人
能在自己衣服的破洞上
补出一朵花来
也许比养出几个有出息的子女
更值得夸赞

黑 夜

天越来越暗
眼睛却越来越亮
有些风景只在夜里，譬如星光
许多真相也只在夜里，譬如人性

长 相

我的长相派上用场
是在相亲时
这是第一次,也是最后一次

落 叶

背上秋天的行囊
为每一个赶往冬天的人
送去请柬,请他们见证
冬天的第一场雪

密 码

我知道有 个秘密宝藏
密码是你的身份证号

生命的长度

一条路,只有两头
源头和尽头
我无法选择
只有多走弯路
增加两头之间的距离

理　由

人生总是苦的
人们的许多努力
就是寻找活着的理由
在改变中体会快乐

甘于平淡

思考是痛苦的
这样的痛苦使人清醒

人们总是甘于平淡
却不会接受自己的糊涂

仙客来

秋天的大门敞开着
人们纷至沓来
这是岁月的必经之路
我丢失了验证码
只能在门口徘徊

曾经相信
岁月不会偏袒任何人
无论早来,还是晚到
在这个喜忧参半的季节
该遇见的都会遇见

现在,我已经枯萎
落叶梧桐,空山夜雨
白云映水,大雁南飞
那些与秋天有关的故事
也许,只在梦里

当秋风再次吹起

我和我相依为命的那个夏天
终于等到了结果
成为路人寂寞时
身后那隐隐约约的背景